⸺osos libros! He
⸺ mundo que me rodea.

—Rosanna

La casa del árbol *marcó los últimos años de mi infancia.
Con sus riesgosas aventuras y profunda amistad, Annie y
Jack me enseñaron a tener valor y a luchar contra viento
y marea, de principio a fin.* —Joe

*¡Las descripciones son fantásticas! Tienes palabras para
todo, salen a borbotones, ¡oh, cielos!... ¡La casa del árbol es
una colección apasionante!* —Christina

*Me gustan mucho tus libros. Me quedo despierto casi
toda la noche leyéndolos. ¡Incluso los días que tengo clases!*
—Peter

*¡Debo de haber leído veinticinco libros de tu colección!
¡Leo todas las aventuras de* La casa del árbol *que encuen-
tro!* —Jack

*Jamás dejes de escribir. ¡¡Si ya no tienes más historias
que contar, no te preocupes, te presto mis ideas!!* —Kevin

¡Los padres, maestros y bibliotecarios también adoran los libros de La casa del árbol®!

En las reuniones de padres y maestros, La casa del árbol es un tema recurrente. Los padres, sorprendidos, cuentan que, gracias a estos libros, sus hijos leen cada vez más en el hogar. Me complace saber que existe un material de lectura tan divertido e interesante para los estudiantes. Con esta colección, usted también ha logrado que los alumnos deseen saber más acerca de los lugares que Annie y Jack visitan en sus viajes. ¡Qué estímulo maravilloso para hacer un proyecto de investigación! —Kris L.

Como bibliotecaria, he recibido a muchos estudiantes que buscan el próximo título de la colección La casa del árbol. Otros han venido a buscar material de no ficción relacionado con el libro de La casa del árbol que han leído. Su mensaje para los niños es invalorable: los hermanos se llevan mejor y los niños y las niñas pasan más tiempo juntos. —Lynne H.

A mi hija le costaba leer pero, de alguna manera, los libros de La casa del árbol la estimularon para dedicarse más a la lectura. Ella siempre espera el nuevo número con gran ansiedad. A menudo la oímos decir entusiasmada: "En mi libro favorito de La casa del árbol leí que…". —Jenny E.

Cada vez que tienen oportunidad, mis alumnos releen un libro de La casa del árbol *o contemplan los maravillosos dibujos que allí encuentran. Annie y Jack les han abierto la puerta al mundo de la literatura. Y sé que, para mis estudiantes, quedará abierta para siempre.* —Deborah H.

Dondequiera que vaya, mi hijo siempre lleva sus libros de La casa del árbol. *Jamás se aparta de su lectura, hasta terminarla. Este hábito ha hecho que le vaya mucho mejor en todas sus clases. Su tía le prometió que si él continúa con buenas notas, ella seguirá regalándole más libros de la colección.* —Rosalie R.

LA CASA DEL ÁRBOL® #30
MISIÓN MERLÍN

Un castillo embrujado en la noche de Halloween

Mary Pope Osborne

Ilustrado por Sal Murdocca
Traducido por Marcela Brovelli

LECTORUM
PUBLICATIONS, INC.

Spanish translation©2016 by Lectorum Publications, Inc.
Originally published in English under the title
HAUNTED CASTLE ON HALLOWS EVE
Text copyright©2003 by Mary Pope Osborne
Illustrations copyright ©2003 by Sal Murdocca
This translation published by arrangement with Random House Children's Books,
a division of Random House, Inc.

MAGIC TREE HOUSE®
Is a registered trademark of Mary Pope Osborne, used under license.

Cataloging-in-Publication Data has been applied for and may be obtained from the Library of Congress.
....
ISBN 978-1-63245-533-8
Printed in the U.S.A
10 9 8 7 6 5 4 3 2 1

*Para Will, el <u>verdadero</u> mago en
el corazón del roble.*

Queridos lectores:

Un castillo embrujado en la noche de Halloween es el segundo de los libros que forman este conjunto especial, llamado Misión Merlín, dentro de la colección de La casa del árbol. En esta oportunidad, el mago Merlín es el encargado de enviar a Annie y Jack, como es común, a tierras míticas y legendarias, en la casa del árbol.

En la primera Misión Merlín, Navidad en Camelot, Annie y Jack visitaron un mundo mágico y fantástico en busca de un caldero secreto, que contenía el Agua de la Memoria y la Imaginación.

Ahora, casi un año después, Annie y Jack están a punto de partir a una nueva Misión Merlín y te invitan a acompañarlos al lejano reino de Camelot, donde suceden cosas muy extrañas en el castillo de un duque.

¡Disfruten del viaje! Pero tengan mucho cuidado; en el mundo del mago Merlín puede pasar _cualquier_ cosa...

ÍNDICE

Sin fuego, está frío el solitario salón,

sin un lienzo; desnudo el largo tablón,

ningún paje se alista para acudir

a su cansado amo y poderle servir.

Poema extraído de "Earl Desmond and the Banshee"

—Autor Anónimo

CAPÍTULO UNO

La víspera de Todos los Santos

—Tendría que disfrazarme de vampiro en vez de princesa —dijo Annie.

Ella y Jack estaban sentados en el porche de su casa. La brisa fresca hacía crujir las ramas de los árboles. Las hojas del otoño caían en remolino sobre el pasto.

—Pero tú ya tienes el vestido de princesa... —agregó Jack—. Además, ya te disfrazaste de vampiro para la última fiesta de Halloween.

—Ya sé, pero quiero usar mis colmillos otra vez —insistió Annie.

—Entonces, disfrázate de vampiro —propuso Jack. Y se puso de pie—. Voy a pintarme la máscara de demonio.

¡Craaa!

—¡Oh, cielos! —exclamó.

Un pájaro gigante se precipitó desde el cielo. El plumaje negro resplandecía con la luz del atardecer, mientras se pavoneaba sobre las hojas secas.

—Oh, ¿qué pájaro es ese? —preguntó Annie.

—Podría ser un cuervo —respondió Jack.

—¿Un *cuervo*? —dijo Annie—. ¡Genial!

El pájaro alzó la cabeza y clavó los brillantes ojos sobre los niños. Jack contuvo la respiración.

El ave avanzó a saltos. Batió las enormes alas y empezó a elevarse. Planeó por el cielo otoñal y se dirigió hacia el bosque de Frog Creek.

Annie se paró de un salto.

—¡Es una señal! ¡Morgana ha vuelto! —dijo.

—¡Creo que tienes razón! —agregó Jack—.

¡Vamos!

Atravesaron el jardín. Las hojas secas crujían bajo sus pies. Corriendo se internaron en el bosque de Frog Creek.

Debajo del roble más alto, se balanceaba la escalera colgante. La casa del árbol estaba esperándolos.

—Tal como lo habíamos pensado —comentó Annie sonriente.

Jack subió por la escalera, detrás de su hermana. Al entrar en la pequeña casa de madera, no encontraron rastros de Morgana le Fay, la hechicera del reino de Camelot.

—Esto es muy extraño —comentó Jack mirando a su alrededor.

El viento sopló con fuerza otra vez y sacudió las hojas del árbol. Una enorme hoja amarillenta entró por la ventana y cayó sobre los pies de Jack.

—¡Oh, cielos! —exclamó—. ¡Mira esto!

—¿Qué? —preguntó Annie.

Al levantar la hoja, Jack vio un mensaje escrito con letras de un estilo muy antiguo.

—¡Uau! —susurró Annie—. ¿Qué dice?

Jack leyó en voz alta:

Para Annie y Jack, de Frog Creek,
en la víspera de Todos los Santos.
Búsquenme en el corazón del roble.
—M.

—¡*M*! —dijo Annie—. Morgana nunca firma sus mensajes con una letra M…

—Cierto… —agregó Jack—. Pero…

—¡*Merlín*, sí! —dijeron los dos a la vez.

—Él hizo lo mismo cuando nos invitó a pasar la Navidad en Camelot —comentó Annie, señalando la Invitación Real que todavía estaba en una esquina de la casa del árbol.

—¡Ahora nos invita para Halloween! —dijo Jack—. El nombre antiguo de esta fiesta era "Víspera de Todos los Santos".

—Lo sé —afirmó Annie—. ¡Tenemos que ir!

—Por supuesto —afirmó Jack. Ninguno de los dos rechazaría la invitación del mejor mago de todos los tiempos—. Pero, ¿cómo haremos para llegar hasta allá, Annie?

—Seguro que la invitación nos llevará —comentó ella—. Como cuando fuimos al castillo del rey Arturo, en la víspera de Navidad.

—Buena idea —agregó Jack. Y señalando las letras antiguas, dijo:

—Queremos ir a....

—¡Al lugar de donde vino esta invitación! —dijo Annie con voz firme.

—¡Correcto! —afirmó Jack.

El viento comenzó a soplar.

La casa del árbol empezó a girar.

Más y más rápido cada vez.

Después, todo quedó en silencio.

Un silencio absoluto.

CAPÍTULO DOS

El corazón del roble

Jack abrió los ojos. Una ráfaga de viento helado entró en la casa del árbol. Afuera, las hojas secas se arremolinaban contra la ventana.

—Mira, estamos disfrazados —dijo Annie—. Pero no estoy vestida de princesa ni de vampiro.

Jack observó su ropa: una túnica que le llegaba a las rodillas y medias largas. Annie llevaba puesto un vestido largo y un delantal.

—Vi esta ropa en Camelot —comentó Jack, con voz suave.

Cuando se asomaron a la ventana, vieron que la pequeña casa mágica estaba en lo alto de un enorme roble, en medio de un bosque muy frondoso.

El sol otoñal estaba por ocultarse.

—¿Y ahora qué hacemos? —preguntó Jack.

—La invitación dice que encontraremos a Merlín en el corazón del roble —explicó Annie.

—Sí, pero no entiendo —dijo Jack con las cejas enarcadas—. ¿Dónde tienen el corazón los robles?

—Tenemos que bajar para descubrirlo —sugirió Annie.

Cuidadosamente, puso la invitación en una esquina de la casa del árbol. Después, ella y Jack bajaron por la escalera colgante. El suelo estaba cubierto de hojas secas. A la luz del crepúsculo, empezaron a revisar el gigante árbol.

Dieron una vuelta alrededor, hasta que se pararon junto a la escalera colgante.

—Estamos donde empezamos —dijo Jack—. ¿Y dónde está el corazón?

—Espera un minuto... ¿Qué es eso? —preguntó Annie, señalando una grieta larga y delgada en la corteza. Del interior de la grieta, parecía salir una luz plateada.

Jack tocó la corteza alrededor de la luz. Empujó con fuerza y la grieta se hizo más grande.

—¡Es una entrada secreta! —dijo. Y volvió a empujar. Crac. De golpe, en medio del tronco, se abrió una puerta alta y angosta. Dentro estaba iluminado.

—Lo encontramos —agregó Annie—. Es el corazón del roble.

Jack asintió con la cabeza.

—Entremos —sugirió Annie. Y atravesaron la estrecha puerta, hacia el agujero brillante del tronco.

Jack no podía creer lo que veía. En el interior había cientos de velas. Sobre las paredes curvas de color marrón, bailaban las sombras.

"¡No puede ser!", pensó Jack. ¡El corazón del roble parecía más grande que el árbol!

—Bienvenidos —dijo una voz profunda y susurrante.

Cuando Annie y Jack se dieron vuelta, vieron a un anciano de barba blanca envuelto en una capa roja y sentado en una silla de madera tallada.

—Hola, Merlín —dijo Annie.

—Hola, Annie. Hola, Jack. Me alegro mucho de verlos otra vez —contestó el mago—. Estoy muy agradecido por su ayuda en Camelot, en la víspera de Navidad. Morgana y yo hemos coincidido en que ustedes podrían volver a ayudarnos.

—¡Nos encantaría! —contestó Annie.

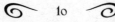

—El futuro de nuestro reino depende del éxito que tengan —comentó Merlín.

—¿Estás seguro de que nos necesitas a *nosotros?* —preguntó Jack—. Quiero decir... somos niños.

—Ustedes ya han pasado muchas pruebas de Morgana —agregó Merlín—. ¿Acaso no son *Maestros Bibliotecarios y Expertos en Magia Cotidiana?*

—Sí, es verdad —contestó Jack.

—Bien. Para esta misión, necesitarán todas sus habilidades —explicó Merlín—. Y también, un guía y ayudante de *nuestro* mundo, el mundo de la magia y la leyenda.

—¿Vendrás con nosotros? —preguntó Annie.

—No —respondió el mago—. Su guía será alguien mucho más joven que yo. Ahora está en mi biblioteca. Ayer me trajo algunos libros que yo había pedido de la biblioteca de Morgana.

Merlín se levantó de la silla.

—Vengan conmigo —dijo acercándose a una puerta en la pared curva, que daba a otra habitación.

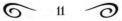

Allí olía a humedad y había cientos de pergaminos y libros antiguos. Un niño de entre once y doce años leía sentado en el piso, alumbrándose con un farol.

—Él hará de guía y ayudante —les dijo Merlín a Annie y a Jack.

El niño alzó los ojos oscuros y pícaros. Una enorme sonrisa le iluminó el rostro lleno de pecas.

—¡Guau! ¡Guau! —exclamó, imitando un ladrido.

—¡Teddy! —gritó Annie.

¡Jack no podía salir del asombro! El niño era el joven mago, aprendiz de Morgana.

Merlín, por única vez, se sorprendió.

—¿Ustedes ya se conocen? —preguntó.

—Nos conocimos hace un tiempo. Cuando me convertí en perro, por accidente —explicó Teddy.

—Morgana quería darle una lección a Teddy —comentó Annie—. Así que, antes de convertirlo en niño otra vez, lo envió a acompañarnos en un viaje de cuatro días, en la casa del árbol. Él nos salvó en el *Titanic.* ¡Y, también, de una estampida de búfalos!

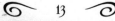

—Además, nos salvó de que nos atacara un tigre en la India —agregó Jack—. Y de un incendio en un bosque, en Australia.

—¡Asombrosos viajes, por cierto! —exclamó Merlín—. Me alegra que se hayan hecho amigos. Les servirá mucho para la nueva misión.

—¿Qué tenemos que *hacer?* —preguntó Annie.

—Ahora nos encontramos en las lejanas tierras de Camelot —explicó Merlín—. Pasando este bosque hay un castillo, perteneciente a un duque.

El mago se inclinó hacia adelante, como si fuera a decir algo realmente aterrador.

—Niños, su misión será restablecer el orden en el castillo —agregó.

Merlín volvió a sentarse en su silla. Tenía la mirada serena pero, en sus ojos, se veía una sombra tenebrosa.

"¿Restablecer el orden en un castillo?", pensó Jack. *"¿Nada más que eso?"*

—¿Quién provocó el desorden, señor? —preguntó Annie.

—En su momento lo sabrán —respondió el mago.

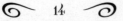

—Aceptamos contentos la encomienda —dijo Teddy—. ¡La misión será un éxito!

Merlín miró fijo al joven mago.

—Tal vez... —agregó el anciano—. Sólo te daré un consejo, hijo mío: eres descuidado y te apresuras con las rimas mágicas. En esta misión, deberás elegir *todas* las palabras con sabiduría.

—Por supuesto, así lo haré —contestó Teddy.

Merlín miró a Annie y a Jack.

—Y... una recomendación para ustedes también —dijo—. Muy pronto entrarán en un túnel tenebroso. Avancen siempre con valentía, sin detenerse, y llegarán a la luz.

"¿Túnel tenebroso?", pensó Jack.

Merlín levantó el farol y se lo dio a Teddy.

—El castillo del duque queda hacia el este. Deben darse prisa —explicó el anciano—. El orden tiene que ser restablecido de inmediato.

Mirando a Merlín, Teddy asintió con la cabeza. Luego, miró a Annie y a Jack.

—¡Al castillo del duque! —les dijo con voz firme. Y los guió hacia la salida del corazón del roble.

CAPÍTULO TRES

ROC

Afuera estaba más fresco. La luz del día se debilitaba rápidamente. El viento había cobrado fuerza.

—Nos espera una gran aventura, ¿verdad? —dijo Teddy.

—¡Sí! —contestó Annie.

Jack también estaba entusiasmado pero tenía muchas preguntas. Mientras Teddy avanzaba por el bosque alejándose del roble, Jack se apuró para alcanzarlo.

—¿Qué tendremos que hacer en nuestra misión, exactamente? —preguntó.

—Merlín dijo que íbamos a tener que restablecer el orden en el castillo —comentó Annie.

—Tal vez quiere que limpiemos el piso y que lavemos los platos —bromeó Teddy.

—¡Y que hagamos las camas! —agregó Annie. Ella y Teddy se echaron a reír.

—Nuestra misión no puede ser tan fácil como hacer tareas domésticas —dijo Jack—. ¿Y el túnel tenebroso?

—Oh, no debes preocuparte. No temas. ¿Ya te olvidaste de que puedo hacer magia? —preguntó Teddy.

—¿Tú sabías hacer magia antes de conocer a Morgana y a Merlín? —preguntó Annie.

—¡Así es! Mi padre era hechicero —respondió Teddy—. Y mi madre, un espíritu del bosque del Otro Mundo.

—Eso es genial —agregó Annie.

Los tres siguieron caminando sobre las hojas secas. Una ráfaga de viento sacudió las ramas de los árboles. Las hojas doradas de los robles caían en remolinos sobre la tierra.

Jack no podía parar de pensar. Merlín en el corazón del roble, hechiceros, espíritus del bosque; nada de esto tendría sentido en Frog Creek.

Finalmente, Teddy llevó a Annie y a Jack a un claro del bosque.

—¡Alto! —exclamó de pronto.

Los tres se detuvieron. Pasando el claro, había una pequeña aldea con casas de techo de paja. A través de las ventanas, brillaba la luz de velas encendidas. El humo de las chimeneas trepaba por el cielo oscuro.

Teddy alzó el farol.

—¡Adelante! —dijo. Y bajaron por un sucio camino que atravesaba la aldea. Varios niños vestidos con harapos se asomaban a la puerta para espiar quién pasaba por el lugar.

—¡Buenas noches! ¿Podrían indicarnos el camino hacia el castillo del duque? —preguntó Teddy.

—¿El castillo? —preguntó uno de los niños, aterrado—. ¡Queda justo detrás del bosque! —Y señaló hacia el otro lado de la aldea—. Siguiendo el camino lo encontrarán.

—¡No deben ir al castillo! —gritó una niña.

—¿Por qué no? —preguntó Annie.

—Allí han pasado cosas muy feas —contestó la pequeña—. ¡Todo ha sido así desde que llegaron los cuervos!

—¿Alguien ha entrado para ver qué sucede? —preguntó Jack.

—Sólo la vieja Maggie, que trabajaba allí —contestó la niña—. Pero hace dos semanas, salió corriendo del castillo muerta de miedo.

Maggie dice que el castillo está embrujado y lleno de fantasmas —agregó uno de los niños—. La pobre no ha dejado de repetir la misma rima una y otra vez.

—¿*Fantasmas?* —preguntó Jack con la boca seca.

—Yo no les tengo miedo —agregó Tedd riéndose.

—¿Alguna vez has visto uno? —preguntó Annie.

—¡No! ¡Pero me encantaría! —contestó el joven mago, con una sonrisa de oreja a oreja.

—¡Miren! —gritó una de las niñas—. ¡Los cuervos han vuelto!

Una bandada de enormes cuervos negros volaban cerca del suelo, bajo el cielo gris oscuro. Los niños empezaron a gritar. Varias personas salieron de sus casas.

—¡Váyanse! —gritó una mujer mirando a los cuervos. Agarró unas piedras y empezó a tirárselas—. ¡Déjennos en paz!

—¡No! ¡Basta! —gritó Annie—. ¡Va a lastimarlos!

Una de las piedras alcanzó a uno de los cuervos. El pájaro cayó al suelo.

—¡Oh, no! —exclamó Annie.

Los mayores agarraron a sus niños y se encerraron en sus casas, dando portazos y cerrando las cortinas.

Annie se arrodilló junto al cuervo.

De inmediato, Jack y Teddy se acercaron a ella. El pájaro estaba agazapado, con las alas tiesas y la cabeza hacia abajo, chillando sin parar. Una de las plumas de la cola se le había doblado.

—¡CU-RRU-CU-CU! —exclamó Teddy y miró a Jack. —Una vez viajé a la Isla de los Pájaros para estudiar su lenguaje. Con las palomas aprendí un poco pero nunca estuve con cuervos.

—No te preocupes —dijo Jack—. Annie tiene su propio idioma para hablar con los animales.

—Me apena mucho lo que te hicieron —le dijo Annie al cuervo muy bajito, mientras le acariciaba la cabeza, suave como la seda—. ¿Cuál es tu nombre?

—ROC —graznó el pájaro.

—¿Roc? —preguntó Annie.

—¡ROC! ¡ROC! —volvió a graznar el cuervo.

—¿Oíste? Te lo dije… —le dijo Jack a Teddy.

—Roc, ellos tienen miedo de ti por algo —comentó Annie.

—¿CRANG? ¿CRANG? —graznó el ave con sonidos suaves como campanas.

—Sí, por eso te tumbaron a pedradas —explicó Annie—. Se te dobló una pluma de la cola. Pero parece que tus alas no están lastimadas.

Roc agitó las alas, largas y negras. Muy despacio, dio algunos pasos.

—¡Arriba, Roc! —dijo Annie, alentándolo.

El cuervo batió las alas y de pronto, levantó vuelo.

—¡Bravooo! —gritó Annie aplaudiendo.

Croc agitó las alas y planeó hacia el crepúsculo. Luego, descendió en picada hacia Annie.

—¡CRUAC! ¡CRUAC! —gritó, como expresando agradecimiento.

—¡Cuídate mucho, Roc! —gritó Annie.

Todos saludaron desde abajo, mientras el cuervo ganaba altura.

—¡Qué bueno y amigable es Roc! —les dijo Annie a Jack y Teddy, sonriendo.

—Así es. Creo que tus palabras lo curaron —agregó Teddy.

—¿Por qué la gente de aquí les tiene tanto miedo a los cuervos? —preguntó Annie.

—No lo sé —contestó Jack—. Eh… ¿qué estábamos diciendo acerca de los fantasmas?

—¿Fantasmas? —preguntó Teddy sonriendo—. No tienes por qué tener miedo si estás conmigo.

Jack se encogió de hombros.

—Yo no tengo miedo —agregó.

—¿No tienes miedo? —dijo una voz temblorosa.

Annie, Jack y Teddy se dieron la vuelta.

En el oscuro umbral de una casa, apareció una anciana. La mujer se inclinó hacia adelante y con voz quebrada dijo:

¿Dónde está la pequeña,
que en hilar lana se empeña?
¿Dónde están los pequeños,
que juegan ajedrez, aun con sueño?
¿Dónde está el sabueso,
que lleva en la boca un hueso?

Con ojos temerosos, la anciana miró fijamente a los tres niños. Luego, se metió en su casa y cerró la puerta.

A Jack le corrió un escalofrío por la espalda.

—¡Qué extraño! —dijo.

—Seguro que era Maggie, la anciana que trabajaba en el castillo —comentó Annie—. ¿De qué estaría hablando?

—No lo sé —respondió Teddy sonriente—. Pero es buena para hacer rimas, ¿no?

—¡Sí, muy buena! —contestó Jack en voz baja.

—Tenemos que apurarnos. Falta poco para que oscurezca —dijo Teddy.

Con paso rápido, los tres se alejaron de las casas y tomaron el camino del bosque en plena oscuridad.

Teddy levantó el farol para iluminar el camino. El viento de la fría noche otoñal sacudía las ramas de los árboles, haciéndolas silbar.

Cuando salieron del bosque, los tres se detuvieron.

—¡Oh, cielos! —exclamó Jack.

Frente a ellos se alzaban los muros de un enorme castillo de piedra, alumbrado por la luna.

CAPÍTULO CUATRO

El castillo

El castillo estaba desolado y silencioso. Por las ventanas, no se veía ninguna vela encendida. La caseta de los guardias estaba deshabitada. En lo alto de la fortaleza no había ningún arquero vigilando.

—¡Hola! —gritó Teddy.

Nadie contestó.

—Este lugar no está muy protegido, ¿no? Nuestra misión debería ser sencilla —agregó.

Jack se quedó callado. Habría estado más tranquilo si hubiera visto guardias *protegiendo* el castillo.

—¡Vengan conmigo! —dijo Teddy.

Annie y Jack cruzaron el puente de madera, siguiendo al joven mago hacia las puertas del castillo.

Teddy alumbró la puerta doble de la entrada con el farol. Las telarañas brillaban con la tenue luz.

—¡Hola! ¿Podemos entrar? —gritó Annie.

Silencio. Los tres se quedaron esperando detrás de la pesada puerta de madera.

—No teman. Déjenlo en mis manos —dijo Teddy.

El pequeño mago puso el farol en el suelo. Respiró hondo, juntó las palmas de las manos y, mientras las restregaba, gritó:

"Ábranse puertas de roble…"

Teddy miró a Annie y a Jack.

—Rápido, ¿qué palabra rima con *roble*? —les preguntó.

—Eh… ¿doble? —preguntó Jack.

—Bien —dijo Teddy. Luego, extendió los brazos y gritó:

"¡Ábranse, puertas de roble,
antes de que el frío nos doble!".

Nada.

Teddy miró a Annie y a Jack.

—La rima no funcionó —dijo.

Annie se encogió de hombros.

—¿Estás segura de que está cerrado con llave? —preguntó Jack.

—Vamos a ver —contestó Annie. Y empujó una de las puertas. Su hermano empujó la otra y, de repente, se oyó un chirrido… La entrada se abrió.

—¡Brillante! —dijo Teddy riendo—. ¿Entramos? —E hizo un ademán para que Annie y Jack lo siguieran.

El puesto de los guardias estaba vacío y helado. Jack podía ver su aliento flotando en la fría noche. Al oír un chirrido, los tres se dieron vuelta. Las puertas se cerraron solas de un golpe.

Annie, Jack y Teddy se quedaron inmóviles. Luego, el niño mago rompió el silencio.

—Qué interesante… —dijo alegremente.

Jack trató de sonreír.

—Así es, muy interesante —agregó temblando, aunque no sabía si era por frío o por miedo. *"¿Y ahora?"*, pensó. *"¿Entraremos al túnel tenebroso?"*.

—¡Adelante! —dijo Teddy. Y guió a Annie y a Jack por la entrada del castillo.

No se veían signos de vida por ningún lado. Jack seguía pensando en la rima de la anciana:

¿Dónde está la pequeña,
que en hilar lana se empeña?
¿Dónde están los pequeños,
que juegan ajedrez, aun con sueño?
¿Dónde está el sabueso,
que lleva en la boca un hueso?

No podía descifrar el significado. *¿Qué pequeña? ¿Qué pequeños? ¿Qué sabueso?*

Teddy se dirigió hacia la entrada de un edificio inmenso del castillo. Annie y Jack lo siguieron.

Cuando el joven mago alzó el farol para ver mejor, aparecieron pequeños cubículos, uno al lado del otro, muy limpios pero vacíos. De la pared colgaban varias riendas y monturas. Y, en los rincones, había montones de heno.

—Estos deben de ser los establos —dijo Jack.

—Pero no hay caballos —agregó Annie.

—No importa, todo está en orden —comentó Teddy—. ¡Adelante!

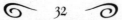

Y llevó a Annie y a Jack hacia la entrada de otro salón. Bajo la luz del farol, apareció un horno de ladrillos, una chimenea de piedra, canastos llenos de manzanas y ristras de cebollas, que colgaban de las vigas del techo.

—La cocina —dijo Jack.

—Pero no hay cocineros, ni sirvientes —agregó Annie.

—Aquí también todo está en orden, no se preocupen. ¡Adelante! —dijo Teddy.

Mientras deambulaban por el patio, bajo la luz de la luna, Jack miraba hacia la derecha y hacia la izquierda, hacia adelante y hacia atrás. *"¿Qué forma tendrán los fantasmas? ¿Tendrán sábanas en la cabeza, como los de Halloween? ¿O serán transparentes, como en las películas?"*, pensó. De pronto, se detuvo.

—¡Eh, chicos! —exclamó—. ¡Esperen!

—¿Qué pasa? —preguntó Annie.

Jack se acomodó los lentes.

—¿Vamos a seguir deambulando de salón en salón? —preguntó—. ¿Cuál es nuestra estrategia?

—¿Estrategia? —preguntó Teddy.

—Jack dice que hay que tener un plan —explicó Annie.

—Ah, cierto. Excelente idea... Un plan, claro —dijo Teddy—. Pero, ¿eso cómo se hace?

—Bueno, primero tenemos que preguntarnos hacia dónde estamos yendo exactamente —explicó Jack.

Teddy miró a su alrededor y señaló una torre que se elevaba por encima del patio.

—Para allá... —dijo—. Ese es el torreón. Allí viven el duque y la duquesa.

—Maravilloso —exclamó Jack—. Pero, cuando entremos allí, ¿qué vamos a hacer?

—Subir por las escaleras y revisar cada piso —comentó Teddy.

—Y si encontramos desorden, nos encargamos de ordenar —agregó Annie.

—¡Excelente! —exclamó Teddy.

—¿Y después? —preguntó Jack.

—¡Nos iremos! —respondió el niño mago—. Nuestra misión habrá concluido.

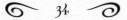

Jack asintió con la cabeza. Aquello no se parecía mucho a un plan verdadero o a una misión. Pero le gustaba la idea de "irse" de allí. Deseaba esfumarse del castillo antes de que apareciera algún fantasma.

—Está bien —dijo.

Con el farol bien alto para iluminar el camino, Teddy guió a Annie y a Jack hacia la entrada del torreón. Empujó la puerta de madera y los tres pudieron entrar.

Sobre las paredes de piedra, figuras oscuras se proyectaban hasta el techo.

—¡Ah! —Jack retrocedió de un salto y chocó con su hermana.

—Son nuestras sombras —dijo Annie, muerta de risa.

—Bueno, perdón —dijo Jack, sintiéndose un poco tonto. Tomó aire y agregó—. Está bien, vayamos hacia la escalera.

—Sí —exclamó Teddy. Y empezó a bajar, lentamente, por un pasadizo oscuro. Annie y Jack lo siguieron de cerca.

El aire estaba pesado y húmedo. Jack sentía que se le salía el corazón del pecho. *"¿Será éste el túnel tenebroso?"*.

De pronto, en el pasadizo se oyó un gemido y después un *¡bang!*

—¡Ayyyy! —Annie y Jack se agarraron de la mano.

—Eran solo las ventanas golpeándose —dijo Teddy, riéndose.

—Pero, ¿y el gemido? —preguntó Jack.

—Sólo era viento pasando por entre las rendijas —explicó Teddy.

Jack volvió a respirar hondo y reanudó la marcha. Muy pronto, se encontraron con una escalera de caracol.

—¡La escalera! —gritó Annie.

"Bien", pensó Jack. Al menos, ya estaban en una parte concreta del plan.

—¿Subimos? —preguntó Teddy.

—Ya lo creo. ¡Ascendamos! —exclamó Jack, tratando de sonar como el niño mago.

Teddy alzó el farol y los tres empezaron a ascender por la empinada escalera de piedra. Annie y Jack, un par de escalones más abajo, subían en círculo, detrás de su guía.

Cuando llegaron al primer descanso, Teddy indicó el camino hacia la entrada de una habitación. Allí dentro, había hileras de yelmos, pecheras, guantes, escudos, lanzas y espadas.

—La habitación de las armaduras —dijo Jack.

—Así es —contestó Teddy.

—Parece que aquí está todo en orden —agregó Annie.

Jack asintió con la cabeza. Le gustaba ver todo en su sitio. Se sentía más seguro.

—¿Seguimos adelante? —preguntó Teddy.

—Por supuesto —respondió Jack, ahora lleno de coraje.

Los tres volvieron a la escalera y retomaron el ascenso. En el tercer piso, se detuvieron frente a una entrada con forma de bóveda, que daba a una habitación inmensa.

Con la vela del farol, Teddy encendió las dos antorchas de la entrada. Bajo la luz titilante, Jack divisó el techo altísimo y los tapices colgados en las paredes.

—Es el salón principal —dijo—. Aquí se hacen los banquetes y otras cosas.

—Vayamos a echar un vistazo —sugirió Annie—. Veamos si hay algo fuera de lugar.

Mientras los tres avanzaban lentamente, Jack se mantenía alerta por si aparecía algún fantasma.

La luz del farol de Teddy iluminó una larga mesa de banquetes.

—¡Ajá! —dijo.

La mesa estaba llena de migas de pan, cera de velas y pétalos de flores muertas. El piso era un reguero de huesos y restos de comida.

—Parece que finalmente hemos encontrado un lugar desordenado —comentó Teddy—. ¿Qué les parece si arreglamos este desastre?

—Seguro, yo barreré el piso —dijo Jack, viendo una escoba en un rincón.

—Yo limpiaré la mesa —agregó Annie.

—Yo quitaré la cera pegada —dijo Teddy.

Jack agarró la escoba y empezó a barrer alrededor de la mesa. A su paso, arrastraba cáscaras de manzana, espinas de pescado, cáscaras de huevo y queso podrido.

Cuando terminó de amontonar la basura, se sintió mejor.

Finalmente, estaban llevando a cabo la misión. "Estamos poniendo el castillo en orden, como nos pidió Merlín. Pronto podremos irnos", pensó.

De repente, Annie empezó a gritar.

Jack tiró la escoba y corrió hacia ella.

—¡Miren! —gritó Annie con los ojos desorbitados, señalando hacia el otro extremo del gran salón.

Frente a la chimenea, había un hueso gigante suspendido en el aire. Subía y bajaba. ¡De pronto, empezó a flotar en dirección a los tres niños!

CAPÍTULO CINCO

¡Fantasmas!

—¡Ayyy! —gritó Teddy.

—¡Ayyy! —gritó Jack.

—¡Ayyy! —gritó Annie.

Y gritando, los tres corrieron hacia la puerta. El hueso seguía detrás de ellos.

Teddy encabezó la carrera por el pasaje abovedado y los tres se abalanzaron hacia la escalera circular.

Jack miró hacia atrás.

—¡Está siguiéndonos! —aulló desesperado.

—¡Ayyy! —gritaron los tres otra vez.

Cuando llegaron al descanso, Teddy entró corriendo en la primera habitación que encontró.

—¡Dense prisa! —vociferó.

Agarró a Annie y a Jack del brazo, los metió en la habitación y cerró de un portazo. Los tres se quedaron apoyados contra la puerta, sin aliento, jadeando y temblando sin parar.

—Salvados... —dijo Teddy, casi sin aire—. ¡Pudimos escapar del hueso! —Y se echó a reír a carcajadas.

Jack rió también a carcajadas, pero de puro miedo.

—¡Eh, chicos! —dijo Annie—. ¡Escuché un ruido!

Teddy dejó de reírse. Jack se tapó la boca con la mano y se quedó escuchando. Luego, oyó un repiqueteo débil, pero no podía ver nada.

Teddy usó la vela del farol para encender las antorchas que había junto a la puerta. Después, todos se pusieron a revisar el lugar.

—Parece el cuarto de los niños —dijo Teddy.

La luz de las antorchas reveló que había tres camas pequeñas y un montón de juguetes de madera desparramados por el piso. Junto a una ventana, el viento agitaba una cortina larga, de color blanco. Al parecer, el repiqueteo venía de una esquina oscura.

—¿Qué es eso? —susurró Annie. Y empezó a caminar en dirección al ruido.

Jack y Teddy la siguieron. El pequeño mago alzó el farol y la luz dio de lleno sobre una rueca para niños. Estaba en la esquina de la habitación, entre una cesta llena de lana y un espejo alto y lleno de polvo.

La rueca estaba hilando lana, pero sin que nadie la tocara. *Estaba trabajando por sí sola.*

—¡Miren! —susurró Annie.

Y señaló una pequeña mesa que estaba junto a la rueca. Sobre la mesa, había un tablero de ajedrez, con piezas de madera. ¡Pero algo extraño pasaba con algunas de éstas!

Mientras Annie, Jack y Teddy observaban el tablero, uno de los caballos se deslizó de un cuadrado hacia el otro, lentamente. ¡Luego, una de las reinas hizo el mismo movimiento!

—¡Ay! —exclamó Annie.

—¡Fantasmas! —dijo Teddy.

—¡Salgamos de acá! —clamó Jack.

Los tres se abalanzaron hacia la salida. Cuando Teddy abrió la puerta, el hueso seguía esperándolos, suspendido en el aire. ¡Justo donde se había quedado!

—¡Ayyy! —gritaron al unísono.

Teddy cerró la puerta y los tres se apiñaron en el lugar, temerosos de irse y también de quedarse. Jack sentía que el corazón se le iba a salir. No podía respirar.

—¡Pe-pensé que no les tenías miedo a los fantasmas! —le dijo a Teddy, con un hilo de voz.

—Sí, bueno, acabo de darme cuenta de que ¡me aterran! —afirmó el niño mago.

—¿Y ahora qué podemos hacer? —preguntó Jack.

—Una rima…, necesitamos una rima —respondió Teddy. Le dio a Annie el farol. Extendió los brazos y trató de concentrarse.

"¡Espíritus del aire y de la tierra!"

El niño mago miró a Annie y a Jack.

—Rápido, ¿qué rima con tierra?

—¡Guerra! —contestó Jack.

Teddy sacudió la cabeza.

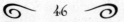

—Me temo que esa palabra podría empeorar las cosas —agregó.

Jack trató de concentrarse para mejorar la rima.

—¡Esperen un momento! ¡Ya lo tengo! —dijo Annie, sonriendo entusiasmada.

"¿Mi hermana se volvió loca?", se preguntó Jack.

—¿Se acuerdan de lo que dijo Maggie, la anciana? —preguntó Annie. Y comenzó a recitar en voz alta:

"¿Dónde está la pequeña,
que en hilar lana se empeña?

Annie señaló la rueca, que estaba en la esquina de la habitación.

—¡La pequeña está allí! ¡Ella es quien está hilando lana en la rueca! —dijo.

Y siguió recitando, en voz alta:

"¿Dónde están los pequeños,
que juegan ajedrez, aun con sueño?"

Annie señaló la mesa pequeña, donde estaba el tablero de ajedrez.

—¡Ahí están los pequeños jugando al ajedrez!

¡Seguro que son hermanos de la pequeña que hila! —dijo.

Y siguió con la rima:

"¿Dónde está el sabueso,
que lleva en la boca un hueso?

Annie abrió la puerta de la habitación de los niños.

El hueso aún estaba suspendido en el aire. Jack y Teddy retrocedieron de golpe, por el susto.

—¡No tengan miedo! —dijo Annie—. Sólo es un perro, ¡un sabueso! Y trae su hueso en la boca. ¿No se dan cuenta? La niña, los niños y el sabueso están aquí. ¡Son *invisibles!*

CAPÍTULO SEIS

El diamante de Merlín

Jack y Teddy se quedaron sin habla. No podían apartar los ojos de Annie, mientras ella, agachada, hablaba con el perro invisible.

—¡Hola! ¿Tienes hambre? —le preguntó, en voz muy suave.

El hueso cayó al piso. Luego, éste se dio la vuelta y rodó de un lado al otro.

—¿Lo ven? Ahora está acostado de espaldas en el piso con el hueso en la boca. Pobrecito —agregó Annie.

—¿Pobrecito? —preguntó Jack.

—Ayudémoslo —dijo Annie. Y se puso de pie—. Tenemos que ayudarlos a ellos también: a la niña y a sus hermanos.

Annie atravesó la habitación rápidamente. Teddy y Jack la siguieron. Luego, ella se detuvo frente a la rueca.

—No podemos verte —comentó—. Pero no tenemos miedo. Queremos ayudarte. ¿Puedes oírme?

La rueca se detuvo.

—¡Me escuchó! —les dijo a Teddy y a Jack. Annie volvió a hablarle al fantasma de la niña—. ¿Qué te pasó? ¿Qué les pasó a tus hermanos, a tu perro y al resto de la gente del castillo? ¿Cómo se volvieron invisibles?

De pronto, Jack sintió que una ola de aire frío pasaba junto a él.

—Creo que está moviéndose —dijo Annie.

—Así es —dijo Teddy—. Miren el espejo.

Un dedo invisible había empezado a escribir algo sobre la gruesa capa de polvo del espejo. De pronto, sobre el vidrio aparecieron seis palabras:

Han robado
el Diamante
del Destino

—¡No puedo creerlo! —exclamó Teddy—. ¡Éste debe de ser el castillo secreto que esconde el Diamante del Destino!

—¿De qué hablas? —preguntó Jack.

—De un diamante mágico que pertenece a Merlín —explicó Teddy—. Estaba adherido al mango de la espada que el rey Arturo arrancó de la piedra hace muchos años.

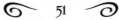

—¡Ah, yo conozco esa historia! —dijo Annie—.
¡Así fue como Arturo se convirtió en rey!

—¡Sí! —afirmó Teddy—. Y algún día, el Diamante del Destino le dará la misma fuerza y poder
al próximo soberano legítimo de Camelot.

—Seguro que Merlín se refería a esto cuando
dijo que el futuro de Camelot dependía de nosotros
—agregó Annie.

—Así es —confirmó Teddy.

—Esperen, esperen —dijo Jack—. Estoy confundido. ¿Qué tiene que ver el Diamante del Destino con los niños y el perro invisibles?

—Después de que Arturo se convirtió en
rey, Merlín le dio el diamante a una familia
de la nobleza de Camelot —explicó Teddy—.
El nombre de la familia fue mantenido en
secreto. Si la familia cuidaba del diamante, la
suerte estaría siempre presente. Pero si fa-
llaba, la vida de sus integrantes se desvanecería.

—¡Oh! Entonces, la familia dejó que robaran
el diamante —agregó Annie—. ¡Y ahora todos se
han convertido en fantasmas!

—Precisamente —afirmó Teddy.

—¿Cuál habrá sido el escondite del diamante? —preguntó Jack.

—Buena pregunta —contestó el niño mago—. Seguramente, en algún lugar especial. Tal vez, en alguna de las torres.

—¡Chicos, miren! —dijo Annie, señalando la pared cercana al espejo.

De la pared de piedra, alguien había quitado un tapiz, largo y pesado. En su lugar, había una puerta que se estaba abriendo.

—¡El fantasma de la niña! —dijo Annie—. ¡Está mostrándonos el escondite del diamante!

Rápidamente, Teddy, Jack y Annie se acercaron a la pared y miraron dentro de una caja revestida en oro y marfil, empotrada en la piedra. Pero ésta se encontraba vacía.

Annie miró a su alrededor.

—¿Niña fantasma? —llamó—. ¿Quién robó el Diamante del Destino de su escondite?

Sobre el espejo lleno de polvo, aparecieron dos palabras:

El Rey

—Oh, no —susurró Teddy—. ¡Por favor, no!

Jack sintió un escalofrío en la espalda.

—Por favor, no… *¿por qué?* —preguntó.

—Esperen —agregó Teddy, señalando el espejo. El dedo invisible volvió a escribir:

Cuervo

—Justo lo que me temía —dijo el niño mago, en voz muy baja—. ¡El Rey Cuervo!

CAPÍTULO SIETE

¡Annie y su hermano!

—¡**E**ntonces fue por eso que Merlín pidió esos libros! —comentó Teddy.

—¿Qué libros? ¿Quién es el Rey Cuervo? —preguntó Jack.

—Ahora entiendo —agregó el niño mago.

—¿Quién es el Rey Cuervo? —quiso saber Jack.

—¿Cómo habrá encontrado el Diamante del Destino? —preguntó Teddy.

—¿Quién es el Rey Cuervo? —casi gritó Jack.

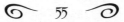

—Es una criatura aterradora del Otro Mundo —explicó Teddy—. En uno de los libros que le traje a Merlín de la biblioteca de Morgana leí que, de niño, el Rey Cuervo quería ser pájaro. Entonces, le robó un hechizo al Hechicero del Invierno, pero como la magia del pequeño no era suficiente, se convirtió en un ser mitad humano y mitad pájaro.

—¡Cielos! —exclamó Jack.

—Ahora comanda un gran ejército de cuervos que lo considera su rey —explicó Teddy.

—¿Para qué querría el Diamante del Destino? —preguntó Annie.

—No sé —dijo Teddy—. ¡Pero debemos recuperarlo! ¡Por el futuro de Camelot!

—¡Y también por estos niños fantasmas! ¡Y por el perro fantasma! —clamó Annie—. ¡No se preocupen! ¡Los ayudaremos a todos! ¡Devolveremos el Diamante del Destino a su escondite! —añadió en voz alta, mirando a su alrededor.

—Ah, ¿sí? —preguntó Jack—. ¿Cómo lo haremos? Ni siquiera sabemos dónde vive este hombre-cuervo del demonio.

—¡Miren el espejo! —susurró Teddy—. La niña te ha oído, Jack.

Lentamente, sobre el vidrio lleno de polvo, aparecieron cinco palabras más:

Nido
cima de la montaña

Jack sintió que un aire frío pasaba junto a él. La cortina que cubría la ventana se corrió hacia un costado. Sobre el piso, brilló el reflejo de la luna.

Jack, Annie y Teddy se asomaron a la ventana. A lo lejos, divisaron una escarpada montaña que se elevaba hacia el cielo nocturno.

—¡Ah! —susurró Teddy—. Así que *ahí* es donde mora el Rey Cuervo. Pensé que su nido estaba en el Otro Mundo.

—Pues es como si lo estuviera—agregó Jack—. Jamás seremos capaces de llegar a la cima de esa montaña.

—En verdad, un mero mortal jamás podría trepar hasta allí… —añadió Teddy.

—¿Cómo haremos para recuperar el diamante? —preguntó Annie muy preocupada.

—Dije que un mero mortal no podría. Pero yo soy más que eso, ¿lo recuerdan? Soy mago —explicó Teddy.

—Sí, pero tus rimas nunca funcionan —dijo Annie.

—Cierto, pero no sólo tengo simples rimas —contestó Teddy. Del bolsillo, sacó una pequeña rama—. ¿Ven esto?

—¿Y eso qué es? —preguntó Jack

—Es una vara de avellano. ¡Es mágica! —respondió Teddy—. Con ella puedo convertirme en lo que quiera.

—¿De veras? —exclamó Annie.

—¿Te la dio Morgana? —preguntó Jack.

—No —contestó Teddy—. Ni Morgana ni Merlín saben que la tengo. Me la dio un duende del bosque, primo de mi madre, por si alguna vez me pasaba algo.

—Entonces, ¿en qué quieres convertirte? —preguntó Annie.

—En un cuervo, ¡por supuesto! —contestó el niño mago.

"Teddy se volvió loco", pensó Jack.

Pero Annie no pensaba lo mismo.

—¡Qué idea más genial! —gritó.

"Annie también se volvió loca", pensó Jack.

—Sí, es genial —agregó Teddy, mirando la diminuta rama de avellano.

—¡Espera un momento! —dijo Jack—. ¿Tienes algún plan? Quiero decir, ¿qué vas a hacer después de convertirte en cuervo?

—Volaré hasta la cima de la montaña. Sacaré el diamante del nido y lo traeré hasta aquí. Y... misión cumplida —agregó Teddy.

—¿Y *nosotros* qué haremos, mientras tanto? —preguntó Annie.

—Espérenme aquí. Volveré lo más pronto que pueda —contestó Teddy. Y subió al marco de la ventana. Con el reflejo de la luna, su sombra se extendió por el piso.

—¡Buena suerte! —exclamó Annie.

—¡Gracias! —respondió Teddy. Y alzó su vara.

—¡Espera! —exclamó Jack—. ¿Podemos revisar tu "plan" un poco más?

Pero Teddy no lo oyó. Y siguió frotándose la vara de la cabeza a los pies.

—¡Teddy, detente! —imploró Jack.

Pero el niño mago empezó a recitar su rima:

"Oh, vara de avellano,
conviérteme en cuervo…"

—Rápido… —gritó Teddy—, necesito una palabra que rime con avellano.

—¡Espera! —dijo Jack.

—Pero no rima con avellano —insistió Teddy.

—¡Hermano! —contestó Annie—. Agrégale tú el comienzo.

—¡Brillante! —respondió Teddy. Y, de nuevo, intentó su rima:

"Oh, vara del avellano,
conviérteme en cuervo,
frente a Annie y su hermano".

Teddy agitó la rama con fuerza.

—¡Cuidado! —dijo Jack, tapándose la cabeza con las manos.

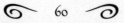

De pronto, oyó un estruendo y sintió una ola de calor. Luego, oyó un chillido muy extraño.

Jack vio que la vara se había caído al piso y divisó la sombra de Teddy. Pero aquella ya no era la sombra de un niño.

De golpe, se le puso la piel de gallina.

Sobre el marco de la ventana había un cuervo enorme. El reflejo de la luna brillaba sobre las alas negro azuladas, las hirsutas plumas de la garganta, el cuello grueso y el gran pico.

Otro cuervo, parecido al primero pero más pequeño, estaba posado bajo la ventana.

"¿Dónde estará Annie?", pensó Jack desesperado. Quiso llamarla pero, del fondo de la garganta le salió un horrible graznido: "¡CRAC-NIE!".

Le parecía que estaba atrapado en una pesadilla. Sacudiendo torpemente la cabeza, trató de mirarse el cuerpo.

Jack ya no tenía brazos, sino un par de alas de color negro azabache. En vez de piernas tenía dos palillos largos y finos, y cuatro dedos largos, coronados con garras curvas.

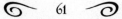

Teddy también había convertido en cuervos a *Annie y a su hermano.*

CAPÍTULO OCHO

¡A volar!

—¡CRUA-CACK! ¡CRUAW-KNIE! —graznó Teddy en el idioma de los cuervos.

Jack entendió perfectamente. Teddy había dicho: *"¡Perdón, Annie! ¡Perdón, Jack!"*.

Annie avanzó unos pasos. Aleteó despacio hasta la ventana y se posó junto a Teddy.

—¡CRUA-OKIDO! —graznó ella—. *¡Estamos bien, Teddy! ¡Qué divertido!*

—¿CRUAC-IDO? —chirrió Jack indignado—. *¿Divertido?*

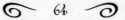

—¡CRACK! ¡CRUA-VLAR! —graznó Annie—. *¡Vamos, Jack! ¡A volar!*

Annie y Teddy levantaron el vuelo y desaparecieron en la neblina nocturna.

"Esto no es real", pensó Jack. *"¡No puede ser verdad!"*.

Se miró las plumas y las garras, estiró el ala derecha, luego la izquierda, las agitó y, casi sin darse cuenta, despegó del suelo. Torpemente, aterrizó en el marco de la ventana.

De allí podía ver a Annie y a Teddy, volando bajo la luz de la luna, planeando y dando volteretas como dos acróbatas.

—¡CRAC-NIE, CRAAC! —graznó Jack—. *¡Annie, vuelve acá!*

—¡CRUAC-VLA! ¡CRUAC-VLA! —gritó Annie—. *¡Vuela! ¡Vuela!*

Annie llegó casi hasta el piso y se elevó de golpe. Luego, volvió a descender hasta que se posó junto a Jack.

—*¡Esto es tan divertido, Jack!* —graznó Annie—. *¡No te quedes aquí sentado!*

Teddy voló hacia ellos.

—¡Iré a la cima de la montaña! —graznó—. ¡Vuelen conmigo!

—¡Ven, Jack! —graznó Annie y siguió a Teddy, planeando en la fría noche.

"¡Cielos!" —El miedo se había apoderado del corazón de cuervo de Jack. "Definitivamente, éste es el túnel del que hablaba Merlín", pensó. Las palabras del mago resonaron en su mente: "Avancen con valentía, sin detenerse y llegarán a la luz".

Jack observó el cielo oscuro. Cerró los ojos y despegó del marco de la ventana.

¡Estaba cayendo! Abrió los ojos, batió las alas y pudo elevarse. Equilibró su vuelo y planeó por el fresco aire nocturno, mirando de un lado al otro. Al bajar la vista, ¡casi se desmaya! ¡El patio del castillo estaba demasiado lejos!

Jack aleteó con fuerza y volvió a planear. Batió las alas y planeó una vez más. Poco a poco, fue ganando altura.

Por fin pudo alcanzar a Teddy y a Annie, que lo esperaban volando en círculo.

—¡CRUAC-NTE! —graznó Jack—. *¡Adelante!*

Los tres volaron bajo la luz de la luna, hacia el nido del Rey Cuervo. Sólo se oía el silbido de sus alas.

Ascendieron planeando sobre la ladera de la montaña, dejando atrás altos pinos. Atravesaron nubes enormes.

Ya más cerca de la cima de la montaña, Teddy lanzó un graznido suave: *¡Tropas de cuervos!*

Jack trató de mirar en la oscuridad. No podía creer lo que veía. Bajo el reflejo de la luna, vio miles de cuervos posados sobre las rocas.

Annie, Teddy y Jack continuaron volando, elevándose por encima de las tropas, hacia el pico de la escarpada montaña. Al llegar a la cima, Teddy lanzó un graznido.

—*¡Ahí está! ¡Ése es el nido del Rey Cuervo!*

CAPÍTULO NUEVE

Como una estrella

Teddy se posó sobre una roca. Annie y Jack se unieron a él. Entre las sombras, los tres avanzaron agazapados, rozándose el oscuro plumaje entre sí. Al llegar a un saliente, justo encima de la guarida del Rey Cuervo, se pusieron a espiar.

El enorme nido, enclavado en la roca, estaba hecho de barro, ramas y trozos de corteza. En la sombría entrada, dos cuervos hacían guardia.

—¿Y...? ¿Tenemos un plan? —chirrió Jack.

—*Presten atención* —contestó Teddy. Y entre graznidos explicó su plan—: *Yo distraeré a los guardias. Annie, tú encárgate de vigilar la entrada. Jack, entra al nido y saca el diamante. Luego, regresen al castillo y espérenme allí.*

—¿Y el Rey Cuervo? —chirrió Jack.

—*Presiento que él no está aquí* —graznó Teddy—. *No veo legiones de guardaespaldas pero debemos apurarnos antes de que vuelva.*

Jack tenía muchas preguntas pero no tuvo tiempo de hacerlas. Teddy había volado a la entrada del nido.

—*¡Vamos!* —gritó Annie, alzando el vuelo.

Jack entró en pánico.

—*¡Eh, chicos, esperen!* —graznó, agitando las alas.

¡Pero ya era demasiado tarde! ¡Teddy se había abalanzado sobre los centinelas!

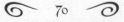

¡CRUAC! ¡CRUAC! ¡CRUAC!

Los dos guardias abandonaron su puesto y, graznando, levantaron vuelo para perseguir a Teddy.

Annie saltó a la entrada del nido.

—¡*Ahora!* —graznó mirando a su hermano.

Jack batió las alas y bajó al nido. Sin pensar, atravesó la entrada.

Sacudiendo la cabeza de lado a lado, sus ojos de cuervo se clavaron en las paredes hechas con lodo, pieles de animales, hojas y ramas. El suelo estaba cubierto de musgo.

Jack avanzó unos pasos y se detuvo. No había rastro del Rey Cuervo. Tratando de oír algo, giró la cabeza. Todo estaba tranquilo.

Recorrió el nido con la mirada. Una parte de la pared era diferente, de color negro brillante.

Se acercó y la tocó con el pico. No era una pared, sino una cortina de plumas.

Cuando Jack la corrió, la luz de la luna dio de lleno sobre varias montañas de monedas de oro y plata, pálidas perlas, rubíes y esmeraldas.

En el centro del gran tesoro había un cristal blanco azulado del tamaño de una canica. Pero brillaba con luz propia, como una estrella.

Jack se dio cuenta al instante de que estaba frente al Diamante del Destino. Al acercarse a él, su corazón de cuervo empezó a latir con fuerza. Lo movió con el pico y, cuando el diamante se inclinó, empezó a emanar claros destellos de luz.

—¡CRJAH! CRUI-NEN! —Annie llamaba a su hermano desde la entrada del nido—. *¡Ahí vienen!*

Jack agarró el diamante con el pico. De pronto, se sintió lleno de fuerza y valor.

Annie volvió a alertar a Jack. Pero él ya no tenía miedo. Muy tranquilo, salió del nido del Rey Cuervo y regresó al aire fresco de la noche.

Una bandada de guardias volaban hacia la cima de la montaña graznando enloquecidos.

De repente, Jack vio a su hermana posada sobre el saliente de una roca.

—¡CRACK! ¡CRACK! —graznó Annie alejándose de la montaña—. *¡Apúrate, Jack!*

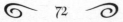

Con el diamante en el pico, Jack agitó las alas elegantemente. Se elevó en el aire y siguió a su hermana.

Mientras descendían de la cima, un coro de graznidos irrumpió en la noche. Miles de cuervos abandonaron sus nidos e invadieron el cielo, formando una inmensa y estruendosa nube negra.

La bandada de cuervos tapó la luz de la luna. La noche quedó completamente negra.

—¡CRA-VLAR! ¡CRA-VLAR! —graznó Annie—. *¡A volar! ¡A volar!*

Bajo el cielo oscuro, ella y Jack planearon rumbo al castillo del duque.

En la cima de la montaña, aún se oía el aleteo constante del ejército de cuervos. Pero ninguno de ellos se molestó en perseguir al enemigo.

"No saben qué hacer sin su rey", pensó Jack, preguntándose dónde estaría el Rey Cuervo. Aunque, con el Diamante del Destino en el pico, ya no sentía miedo.

A medida que se alejaban de la montaña, el aleteo de los cuervos soldados se hacía más tenue.

De golpe, el castillo del duque se hizo visible. Jack divisó la luz del farol de Teddy en la habitación de los niños. Pero no quería dejar de volar. En vez de detenerse, descendió en picado hacia el torreón, planeó sobre el patio del castillo, sobre las torres de entrada, el puente, las casas y el bosque de robles. Annie volaba junto a él.

Luego, los dos descendieron suavemente sobre el castillo y aterrizaron en el marco de la ventana de la habitación de los niños. ¡El Diamante del Destino estaba a salvo!

CAPÍTULO DIEZ

¿Dónde está?

Desde la ventana, Annie y Jack espiaron hacia adentro de la habitación. El farol de Teddy y la rama de avellano aún estaban sobre el piso, pero no había señales del joven mago.

—*Teddy no ha llegado* —graznó Annie—. *Vayamos a poner el diamante en su lugar.*

Jack no se movió. Todavía no quería deshacerse de la piedra. Aún seguía sintiéndose increíblemente poderoso.

—¿*Jack?* —graznó Annie—. *Tenemos que devolver el diamante a su escondite. Vamos, correré el tapiz.*

Annie voló hacia el largo tapiz, que colgaba de la pared. Batiendo las alas, agarró el borde con el pico y trató de correrlo, pero éste era demasiado pesado. Tuvo que desistir.

—*Esto es imposible para un cuervo* —graznó—. *Tendremos que esperar a Teddy para que nos devuelva a la normalidad.*

Annie voló hacia a la ventana y se posó junto a su hermano. Jack se sintió aliviado. Quería retener el diamante con todas sus fuerzas.

—¡Eh! —graznó Annie—. *¡¿Y si usamos la vara mágica de Teddy?! Mis rimas son mejores que las de él. Con probar, no perderemos nada.*

Jack sacudió la cabeza. Pero Annie ni siquiera lo notó. Se abalanzó sobre la pequeña rama de avellano, que estaba debajo de la ventana y, cuidadosamente, la agarró con el pico.

Luego, aleteó hacia su hermano. Rápidamente, empezó a mover la cabeza de un lado al otro, pasando la rama por las plumas de la cabeza de Jack, por el cuerpo, las alas y las garras. Después, Annie se pasó la rama por las alas y por el cuerpo, negro y brillante.

Con la rama todavía en el pico, lanzó un hondo graznido.

¡CRU-RMA CRA-LLNO!

¡CRU-CRAC-NIE CRER-MNO!

¡Oh, vara del avellano,

conviérteme en Annie y a él, en mi hermano!

De golpe, se oyó un potente rugido y un estallido de luz y calor llenó el lugar.

Jack oyó la risa aliviada de su hermana.

—¡Bravo! Logré que la magia funcionara —dijo Annie sonriente.

Jack se miró las piernas y los brazos y suspiró reconfortado.

Crac-nie y Crack habían desaparecido. Annie y Jack estaban de vuelta.

Jack movió los dedos de los pies y de las manos. Se tocó la cara, la boca, la nariz y las orejas. ¡Estaba feliz de sentir su cuerpo otra vez!

—Teddy no va a poder creerlo —dijo Annie—. Piensa que es el único niño que sabe hacer magia. ¡Hola! ¡Regresamos! —les dijo a los niños invisibles—. ¿A que no adivinan? ¡Trajimos el diamante!

—¡El diamante! ¿Dónde está? —preguntó Jack—. ¡Seguro que se me cayó cuando nos convertiste en niños!

Cerca de la ventana, se oyó un aleteo.

—¡Teddy! —gritó Annie. Ella y Jack se dieron la vuelta.

Pero el pequeño mago no estaba allí.

Junto a la ventana, había un horrible ser, mitad humano, mitad cuervo, con plumas brillantes en la cabeza. En lugar de nariz, tenía pico y garras afiladas. Sobre la espalda, llevaba puesta una capa de plumas que, a la luz de la luna, se veía como una brillante armadura de color negro.

—Buenas noches —dijo el Rey Cuervo.

CAPÍTULO ONCE

¡Ya verá...!

Annie y Jack se quedaron sin habla.

Mirando a la extraña criatura, Jack recordó la historia del Rey Cuervo. El niño que, luego de robarle un hechizo al Mago del Invierno para ser pájaro, había quedado mitad cuervo y mitad humano, por no tener poder suficiente para que la magia funcionara.

El Rey Cuervo saltó de la ventana al piso. Uno a uno, todos sus guardaespaldas alados fueron aterrizando en la habitación. Cerca de veinte cuervos se posaron detrás de su rey.

Annie y Jack estaban rodeados de enormes alas negras, picos afilados y ojos brillantes.

Cuando los guardias ocuparon sus puestos, el Rey Cuervo giró la cabeza y observó a los dos niños.

—¿Dónde están los dos cuervos que robaron mi diamante? —preguntó con voz áspera.

—¿Qué diamante? —preguntó Annie.

—¿Qué-qué cuervos? —preguntó Jack, temblando. Deseaba tener el Diamante del Destino para volver a sentirse poderoso y valiente.

—Los cuervos que vinieron a este castillo después de saquear la habitación donde guardo mi tesoro —dijo el Rey Cuervo—. ¿Dónde están escondidos?

Jack trató de imaginar que *aún tenía* el diamante.

—No sabemos nada de ellos —contestó con firmeza y valentía, simulando que tenía la poderosa piedra en las manos.

—Así que no saben nada... —añadió.

—No —contestó Jack—. Debe de haberse confundido de castillo.

—Ah... estoy en el castillo equivocado —comentó el Rey Cuervo.

—Sí —insistió Jack.

—Tal vez estén en lo cierto —respondió el Rey Cuervo—. ¿Pero ustedes están seguros de que no los han visto? Se parecían mucho a este pequeño que tengo aquí.

El Rey Cuervo levantó su capa y alzó una jaula de hierro. Detrás de los barrotes, había un cuervo.

—¡JAH, AWK-NEE! —graznó el cuervo dentro de la jaula.

—¡Teddy! —gritó Annie.

—¿Su nombre es Teddy? —preguntó el Rey Cuervo—. ¡Qué encantador! Creo que será una mascota maravillosa, ¿no les parece?

Jack, horrorizado, observaba a Teddy, prisionero del Rey Cuervo.

—No, no es encantador —dijo—. Es cruel. ¡Suéltelo ahora mismo o… ¡ya verá…!

—Sí, suéltelo —agregó Annie—. ¡O ya verá lo que le pasa!

—Así que… ya veré lo que me pasa —repitió el Rey Cuervo—. ¿Y qué va a pasarme? —preguntó la horrible criatura, riéndose burlonamente.

Mientas el rey se reía, Jack miró el piso. Al ver la rama de avellano tirada debajo de la ventana, sigilosamente empezó a agacharse.

El Rey Cuervo se dio cuenta de las intenciones de Jack.

—¡CRAAA! ¡CRUAAAAC! —graznó con fuerza mirando a sus guardaespaldas.

Jack se abalanzó sobre la rama. Pero, antes de que pudiera agarrarla, uno de los guardaespaldas la levantó con el pico.

Cuando el cuervo se alejó, Jack notó que, en la cola, el ave tenía una pluma doblada.

—¡Jack, mira, es Roc! —dijo Annie. Y empezó a llamar al ave—. ¡Roc! ¡Roc!

Desde la ventana, el cuervo miró a Annie.

—¡Roc, soy yo, Annie! —dijo ella—. Yo te ayudé cuando los aldeanos te apedrearon. ¿Lo recuerdas?

—¡Qué tonterías! —graznó el Rey Cuervo—. Tráeme la rama, pájaro.

Roc, inmóvil con la rama en el pico, seguía mirando a Annie.

—Dale la rama a Jack, Roc —dijo Annie—. Tiene que hacer regresar a Teddy.

—Así que esa rama apestosa es una vara mágica... —dijo el Rey Cuervo—. ¡Tráemela de inmediato, pájaro! ¡Ahora mismo!

—¡No lo hagas, Roc! No dejes que siga maltratándote —imploró Annie.

Por un instante, los ojos oscuros del cuervo se clavaron en los de Annie.

El ave miró al rey. Volvió a mirar a Annie, aleteó hacia Jack y puso la rama a sus pies.

Jack la agarró de inmediato.

—¡Traidor! ¡Pagarás por esto! —gritó el Rey Cuervo. Y arremetió contra Roc. Él trató de escapar, pero el rey lo agarró del cuello.

¡Había que salvar a Roc! Jack apuntó a la espalda del Rey Cuervo con la rama y gritó:

*"¡Oh, rama del avellano,
él no quiere ser un rey tirano!"*

Una luz cegadora y un viento ensordecedor invadieron la habitación. Después, todo volvió a la normalidad.

El Rey Cuervo había desaparecido. Sólo había quedado su capa. Y Roc, sin un rasguño, se alejó saltando.

De pronto, la capa de plumas se movió, y se oyó un chillido ronco. Craac.

Cuando Annie levantó la capa, apareció un cuervo diminuto.

—*Cruaac* —graznó.

—Hola, pequeño —dijo Annie sonriente, mientras acariciaba la cabeza del ave. Luego, miró a Jack—. ¿Cómo se te ocurrió esa rima? —le preguntó.

—Se me ocurrió de repente —contestó Jack—. Quería salvar a Roc, pero sin dañar al Rey Cuervo. Creo que sentí pena por él.

—Así que lo ayudaste para que fuera quien quería ser —agregó Annie—. Lo convertiste en un cuervo bebé.

—Sí —respondió Jack—. Ahora podrá vivir toda su vida como pájaro.

Roc voló hacia la ventana y observó a los demás cuervos. Obviamente, se había convertido en el nuevo líder.

—¡Cruac! ¡Cruac! —graznó Roc.

Luego, se apartó de la ventana y la tropa de cuervos fue abandonando la habitación. Dos de ellos escoltaban al nuevo miembro de la bandada, mientras el pequeño desplegaba las alas tímidamente.

Roc fue el último en salir. Miró fijo a Annie y a Jack y levantó vuelo bajo la luz dorada del amanecer.

CAPÍTULO DOCE

Un nuevo día

*C*ruaac.

De la jaula que estaba en el suelo salió un graznido.

—¡Teddy! —gritó Annie.

—¡Casi nos olvidamos de ti! —dijo Jack.

—*Cruaaac* —graznó Teddy una vez más.

—Deja que yo le quite el hechizo —le dijo Annie a su hermano.

—Está bien, pero espera a que me aparte —añadió Jack. Le dio la rama de avellano a su hermana y dio unos pasos hacia la ventana.

Annie se acercó a la jaula de Teddy. Cerró los ojos y se quedó pensando un momento. Después, agitó la rama por encima de la jaula y dijo:

"¡Oh, rama del avellano,

libera a nuestro mago hermano!"

Un resplandor y un estallido de calor invadieron la habitación. La jaula desapareció y Teddy, el niño mago, apareció sentado en el piso.

—¡Hurra! —exclamó Annie.

—Muy bien —dijo Teddy—. Muchas gracias.

—¡Bienvenido! —agregó Jack. Y, junto con su hermana, ayudó a Teddy a pararse.

El niño mago sacudió los brazos y las piernas.

—¡Ahhh! ¡Qué bueno es ser humano otra vez! Ahora tenemos que ayudar a la familia del duque. ¿Dónde está el diamante? —preguntó.

—¡Lo perdimos! —contestó Annie.

—Yo lo tenía en el pico —explicó Jack—, pero debe de habérseme caído cuando Annie nos convirtió en nosotros.

—No se preocupen —dijo Teddy—, seguro que está por aquí.

Los tres se pusieron en cuatro patas y empezaron a revisar el piso de la habitación. No había señales de la piedra por ningún lado. De pronto, Teddy dio un grito de sorpresa y se quedó con la boca abierta.

—¡Oh, miren!.... —susurró Teddy con los ojos clavados en un rincón.

El Diamante del Destino flotaba sobre la canasta de la lana, junto a la rueca.

—Seguro que la niña fantasma lo escondió al ver al Rey Cuervo —susurró Annie.

Lentamente, el diamante empezó a acercarse a Jack y se detuvo delante de él. Jack extendió el brazo y el diamante se posó en su mano.

—Gracias —le dijo Jack a la niña fantasma—. Lo pondré en su lugar.

Con mucho cuidado, Jack atravesó la habitación. Annie apartó el tapiz y Jack abrió la pequeña puerta secreta.

Por última vez, contempló la brillante piedra.

—Me sentí tan valiente con ese diamante en las manos —agregó con voz suave.

—Jack —dijo Annie—, acabas de ser muy valiente, aun sin el diamante.

—Así es —agregó Teddy.

Jack sonrió. Muy despacio, guardó el Diamante del Destino y cerró la puerta dorada. Luego, Annie la volvió a cubrir con el tapiz.

El aire de la habitación se tornó más cálido. De pronto, junto a Teddy comenzó a aparecer la figura de una niña casi de la misma edad que el niño mago. Tenía el pelo oscuro y ondulado, y llevaba puesto un camisón.

Junto al tablero de ajedrez, poco a poco aparecieron dos niños. Eran gemelos, casi de la misma edad que Annie.

Al principio, los tres pequeños estaban pálidos y aturdidos. Pero, lentamente, al hacerse visibles por completo, el rostro se les volvió rozagante.

Un enorme perro de color marrón apareció junto a la puerta. Ladró y corrió hacia la niña.

—¡Oliver! —gritó ella abrazándolo. Sonriente miró a Annie, a Jack y a Teddy—. ¡Hola! —les dijo.

—¡Hola! —respondió Annie—. ¿Son ustedes los únicos habitantes del castillo?

—Oh no, hay mucha gente —contestó la niña—, pero dormían cuando el Rey Cuervo robó el diamante. Mis hermanos y yo estábamos despiertos. Nos gusta levantarnos a hurtadillas. Jugábamos a las escondidas cuando, detrás del tapiz, encontré la puerta secreta.

Como quería apreciar el diamante, lo puse en el borde de la ventana para que le diera el reflejo de la luna. Después, Tom y Henry empezaron a jugar ajedrez… —La niña señaló a los hermanos.

—Gwendolyn se puso a hilar en la rueca —comentó Tom—. Y Oliver bajó al salón para buscar comida.

—Justo en ese momento, el Rey Cuervo pasó junto a la ventana y se llevó el diamante —explicó Gwendolyn—. Íbamos a avisarles a nuestros padres pero, de golpe, nos esfumamos.

—¡Madre! ¡Padre! —dijo Tom, acordándose de ellos—. ¡Debemos despertarlos, Gwendolyn!

—Ya lo sé —respondió la niña—. Hay que despertarlos de inmediato. Seguro que ni se enteraron de que ¡nos volvimos invisibles!

Gwendolyn agarró a sus hermanos de la mano, y los tres salieron de la habitación. De pronto, la niña se dio la vuelta y miró a Annie, a Jack y a Teddy.

—Gracias por ayudarnos —dijo—, quienquiera que ustedes sean.

Los hijos del duque se alejaron de la habitación. Oliver agarró su hueso y corrió detrás de ellos.

Jack le devolvió la rama de avellano a Teddy.

—Oye —dijo Jack—. Creo que los niños no deberían jugar con esto, ni siquiera los niños magos. Será mejor que le devuelvas esta rama a tu primo.

—Así es. Creo que es una buena idea —respondió Teddy. Y sonrió pícaramente mientras se guardaba la pequeña rama en el bolsillo. Luego, les señaló la puerta a Annie y a Jack—. ¿Salimos?

Annie y Jack asintieron.

Teddy agarró el farol y apagó la vela. Después, los tres salieron de la habitación. Al bajar por la escalera, los sirvientes pasaban por al lado de ellos, bajando y subiendo, con prisa.

—¡Toquen las campanas! —dijo uno.

—¡Traigan agua para el duque y la duquesa! —agregó otro.

—¡Hoy hemos empezado muy tarde! —exclamó un tercero.

Jack, Annie y Teddy siguieron bajando por la escalera, dejando atrás el gran salón y la habitación de las armaduras, hacia la entrada del torreón.

Al llegar al patio, vieron las torres iluminadas por el sol. Las campanas empezaron a sonar.

Los gallos comenzaron a cantar y los caballos a relinchar.

Los sirvientes preparaban el fuego para cocinar. Un herrero martillaba una pieza de metal sobre un yunque. Una mujer acarreaba leche recién ordeñada en unas cubetas.

Bajo la intensa luz del sol, Annie, Jack y Teddy avanzaron por el patio, en plena faena cotidiana. Pasaron por la caseta de los guardias y cruzaron el puente de madera. Ya del otro lado, miraron hacia atrás.

En las terrazas del castillo, se veían arqueros haciendo guardia.

Teddy los saludó. Luego, miró a Annie y a Jack.

—¡El orden ha vuelto al castillo! ¡Misión cumplida! —dijo.

Los tres se alejaron corriendo alegremente por la pequeña arboleda en dirección a la aldea. Mientras avanzaban por los senderos, veían a campesinos en las puertas de sus cabañas. Todos estaban atentos al sonido de las campanas del castillo.

Al ver a los tres niños, Maggie, la anciana, mostró su sonrisa sin dientes.

—Las campanas han vuelto a sonar —dijo con voz frágil.

—¡Sí! —respondió Jack—. ¡Los niños, la niña

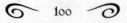

y el perro han regresado! Ya no hay por qué tener miedo. ¡El castillo ha vuelto a la vida!

Jack, Annie y Teddy dejaron la aldea y se dirigieron al bosque. Mientras caminaban sobre las hojas secas, los rayos del sol se colaban por entre las ramas de los árboles.

Las palabras de Merlín resonaban en la cabeza de Jack: *"Están por entrar en un túnel tenebroso. Avancen con valentía, sin detenerse, y llegarán a la luz".*

Jack miró a su alrededor. El bosque brillaba con un color dorado muy intenso que jamás había visto antes.

CAPÍTULO TRECE

La magia de Annie y Jack

Jack, Annie y Teddy avanzaron sobre las hojas secas hasta que llegaron al roble de Merlín. Cerca de la escalera colgante, estaba la puerta secreta.

Teddy empujó la corteza y, de uno en uno, entraron por el agujero del tronco iluminado por velas. Merlín estaba sentado en su silla de madera.

—Así que restablecieron el orden en el castillo —comentó sereno.

—Sí, señor —dijo Teddy—. Tuve que usar un poco de magia, pero ahora todo está bien.

—Tus rimas deben de haber mejorado —le dijo Merlín a Teddy.

El pequeño mago sonrió, tímidamente.

—En verdad, no fueron mis rimas. Lo que salvó la misión y me salvó a mí también fueron la valentía y la bondad de Annie y Jack.

—¿En serio? —preguntó Merlín.

—Así es —respondió Teddy—. Tienen una magia tan poderosa como la de cualquier rima de cualquier mago o de cualquier rama de avellano encantada —explicó.

Merlín levantó una de sus tupidas cejas.

—¿Rama de avellano encantada? —preguntó.

—Es una forma de decir —agregó Teddy rápidamente.

Merlín miró a Annie y a Jack.

—Camelot y yo agradecemos su ayuda, niños —dijo.

—De nada —contestaron Annie y Jack.

Merlín se puso de pie y miró a Teddy.

—Ven, haré que llegues más rápido a la biblioteca —añadió—. He terminado mi investigación.

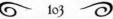

Ahora Morgana espera estos ejemplares únicos.

Merlín se agachó, levantó una pila de libros muy antiguos y la puso sobre los brazos de Teddy.

Con esfuerzo, el niño mago se dio la vuelta. Luego, Annie, Jack y él siguieron a Merlín fuera del roble.

El sol brillaba en su punto más alto. El bosque estaba sereno.

Teddy miró por encima de los libros.

—Supongo que es hora de decirnos adiós —dijo.

—¿Cuándo volveremos a vernos? —le preguntó Annie.

—Supongo que cuando el deber nos llame —respondió Teddy mirando a Merlín.

El mago sonrió.

—¿Podrán encontrar el camino a casa sin problemas? —les preguntó Teddy a Annie y a Jack.

—Oh, sí, claro —contestó Jack—. Regresaremos en la casa del árbol.

Él y su hermana miraron la pequeña casa de madera, en la copa del roble. Una ráfaga repentina sacudió las hojas.

Annie y Jack se volvieron hacia Merlín y Teddy, pero ellos ya no estaban. Allí sólo había quedado un brillante remolino de hojas amarillas.

—Uau… —suspiró Annie.

—Cielos… —exclamó Jack.

—Bueno —añadió Annie—. ¿Adelante?

—¡A casa! —contestó Jack.

Annie subió por la escalera colgante y su hermano la siguió. Dentro de la casa mágica, la hoja con el mensaje de Merlín volaba de un lado al otro. Annie la agarró en el aire, antes de que ésta volara por la ventana. Luego, colocó el dedo sobre las palabras: "Frog Creek".

—¡Deseamos ir a este lugar! —exclamó.

El viento empezó a soplar.

La casa del árbol comenzó a girar.

¡Más y más rápido cada vez!

Después, todo quedó en silencio.

Un silencio absoluto.

***

Jack abrió los ojos. Él y Annie permanecieron sentados en silencio en el piso de la casa del árbol. Al asomarse a la ventana, Jack vio un ave surcando el cielo oscuro.

No podía creer que, sólo un rato antes, él mismo había sido un pájaro.

—¿Estás listo para volver a casa? —preguntó Annie.

Jack asintió. Lo que había vivido con su hermana era inexplicable. Ni siquiera podía ponerlo en palabras.

Con cuidado, Annie colocó la hoja seca de Merlín, junto a la Invitación Real de Navidad. Después, ella y Jack bajaron por la escalera colgante y atravesaron el bosque.

En la oscura noche de Halloween, nada parecía tan aterrador. Jack conocía todos los árboles y el sendero que daba a su calle.

Mientras él y Annie caminaban hacia su casa, tres criaturas se pararon delante de ellos; una bruja abominable, un esqueleto y un ojo con piernas, peludo y gigante.

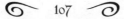

Las criaturas reían a carcajadas, silbaban y hacían ruidos fantasmales.

Annie y Jack se echaron a reír.

—Oh, cielos —exclamó Jack.

—Qué buenos disfraces —dijo Annie.

Luego, ambos entraron por el jardín y subieron al porche de su casa.

—¿Estás listo para pedir dulces? —preguntó Annie.

Jack se acomodó los lentes.

—Creo que este año me quedaré en casa para ayudar a mamá y a papá a dar los dulces —dijo.

—Sí, creo que haré lo mismo. Pero me pondré mi disfraz de princesa-vampira —añadió Annie.

—Genial —dijo Jack, sonriendo.

Luego, él y su hermana entraron en su casa cálida y confortable. Y cerraron la puerta a la oscura víspera de Todos los Santos.

Nota de la autora

La mitología y los cuentos de hadas son fuente de inspiración para mi trabajo. De hecho, mientras escribía *Un castillo embrujado en la noche de Halloween,* en el relato incluí elementos de historias antiguas de Irlanda, Gales, Escocia y Persia. En un libro de cuentos celtas, de Gales e Irlanda, leí muchos cuentos en los que las personas se convertían en animales. También, leí acerca de un ejército de cuervos llamado "tropa de cuervos". En una colección de historias de *"Las mil y una noches"* descubrí a Roc, un pájaro suma-

mente exótico. Todas estas leyendas estimularon tanto mi imaginación que, de inmediato, comencé a escribir una historia con personajes que se transformaban en cuervos y le salvaban la vida a Roc.

Investigando la historia antigua de las Islas Británicas, me enteré de que la gente solía tener respeto y admiración por piedras sagradas. Por ejemplo, descubrí que en Escocia existe una famosa piedra rodeada de mitos y leyendas, conocida como "Piedra del Destino". Esta piedra se utilizaba en las ceremonias de coronación de los reyes. Esta información me inspiró para crear el "Diamante del Destino" de Merlín. Y, ¿quieres saber de dónde saqué la idea para crear la vara mágica de Teddy? Hace muchos años, me enamoré de una poesía de William Butler Yeats, un poeta irlandés, "La canción de Aengus, el errante". La primera estrofa dice:

Fui al bosque de avellanos,
porque sentía un fuego en mi cabeza,
y corté y pelé una vara de avellano,

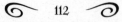

y enganché una baya en un hilo;
y mientras volaban las polillas blancas,
y estrellas como polillas titilaban,
solté la baya en el arroyo
y atrapé una pequeña trucha plateada.

Los cuentos antiguos y las poesías de todo el mundo son una constante fuente de inspiración para los contadores de cuentos. Crear algo nuevo de algo viejo nos permite acercarnos a la gente del pasado. O, como Morgana le Fay una vez les dijo a Annie y a Jack, en La casa del árbol #16, *(La hora de los Juegos Olímpicos):* "Los cuentos antiguos siempre nos acompañan. Nunca estamos solos".

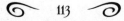

Actividades divertidas para Annie, para Jack y para ti
¡Feliz Halloween!

Jugando con tu creatividad, puedes hacer que un simple bocadillo cause espanto. Toma una paleta sin abrir y ponle una servilleta blanca encima. Dibújale ojos y listo... ¡Ya tienes un fantasma de caramelo!

Pídele a un adulto que corte unas salchichas en trozos. Ponle un palillo a cada trozo, agrégales kétchup y sirve unos "dedos" exquisitos.

Con la receta siguiente, podrás hacer unos deliciosos "huevos endiablados" que, además, parecerán ¡enormes ojos!

Huevos endiablados

Ingredientes:
- 6 huevos
- Una olla con agua
- 2 pizcas de sal

- 2 cucharadas de mayonesa
- Media cucharadita de mostaza molida
- Colorante azul comestible
- 2 granos de pimienta molida
- 12 rodajas de aceitunas negras
- Unas pizcas de páprika (opcional)
- Un tenedor y un cuchillo
- Un bol y un plato
- La ayuda de una persona mayor

1. Coloca los huevos en la olla con agua. Agrega una pizca de sal.
2. Pídele a tu ayudante que ponga la olla a hervir durante doce minutos. Luego, que deseche el agua.
3. Deja que los huevos se enfríen durante veinte minutos. Quítales la cáscara, bótala y pon los huevos en el plato.
4. Dile a tu ayudante que corte los huevos en mitades iguales.

5. Pon todas las yemas en el bol, agrega mayonesa, mostaza, una pizca de sal, pimienta y unas gotas de colorante.
6. Mezcla los ingredientes con el tenedor.
7. Pon una cucharada de la mezcla dentro de cada una de las claras. Utiliza toda la mezcla.
8. Coloca una rodaja de aceituna sobre cada huevo. Así la aceituna es la pupila y la mezcla de la yema es el iris.
9. Si quieres que los ojos se vean colorados, agrega un poco de páprika sobre las claras.
10. Cubre el plato con plástico transparente y llévalo al refrigerador, al menos, una hora.

Luego, invita a tus familiares y amigos a probar los huevos. ¿Se atreverán?

A continuación un avance de

LA CASA DEL ÁRBOL® #31
MISIÓN MERLÍN

El verano de la serpiente marina

Para Jack y para Annie, el verano es
tiempo para nadar, para disfrutar del
sol y para…¡serpientes!

CAPÍTULO UNO

Solsticio de verano

Jack estaba leyendo el periódico. Era un cálido día de verano pero en el porche corría la brisa fresca.

Annie asomó la cabeza por la puerta.

—Mamá dijo que esta tarde nos llevará al lago —comentó.

Jack no apartó la vista de la página del pronóstico del tiempo.

—¿Sabías que hoy es el solsticio de verano? —preguntó.

—¿Qué es eso? —quiso saber Annie.

—Es el comienzo oficial del verano, el día más largo del año —explicó Jack.

—¡Genial! —contestó Annie.

—A partir de mañana, los días irán acortándose —agregó Jack.

De pronto, se oyó un intenso chirrido.

—Mira, una gaviota —dijo Anine mirando hacia arriba.

Jack observó la enorme ave blanca, que volaba en círculos bajo el sol intenso del mediodía.

—¿Qué hace aquí? El océano está a dos horas —comentó él.

La gaviota voló en picado y volvió a chirriar.

—¿Será una señal? —preguntó Annie—. Quizá la mandó Morgana o Merlín para que vayamos a la casa del árbol.

El corazón de Jack se aceleró.

—¿Estás segura? —le preguntó a su hermana.

Había empezado a creer que la casa mágica jamás regresaría. Annie y Jack no habían vuelto a verla desde la última vez que viajaron en ella a un castillo embrujado la noche de Halloween para cumplir la misión que el mago Merlín les había pedido.

—Mira, la gaviota voló hacia el bosque —comentó Annie.

Jack se paró de un salto.

—Está bien, vayamos para allá —agregó.

—¡Mamá, volveremos enseguida! —dijo Annie. De inmediato, atravesaron el jardín y corrieron calle abajo hasta el bosque de Frog Creek.

En la inmensa arboleda el aire se sentía fresco y puro. Atravesando árboles y arbustos, Annie y Jack avanzaron velozmente, hasta que se toparon con el roble más alto del bosque. En la copa, la casa mágica estaba esperándolos.

—¡Uau! —exclamaron. La pequeña casa de madera se veía igual que siempre.

Annie se agarró de la escalera colgante y empezó a subir. Jack la seguía un poco más abajo. Al entrar, notaron que nadie estaba esperándolos.

—Mira, la Invitación Real aún está aquí —comentó Annie. Y levantó el trozo de papel que los había llevado a Camelot la víspera de Navidad.

—Y también la hoja seca que nos dio Merlín —agregó Jack, agarrando la hoja amarilla que los había enviado a la misión Halloween.

—Esta es nueva —dijo Annie alzando una concha de color azul pálido que tenía un mensaje escrito.

—¡Parece que es la letra de Merlín! —agregó Annie—. ¡Seguro que tiene una misión nueva para nosotros! Y leyó el mensaje:

Para Annie y Jack, de Frog Creek:
En este solsticio de verano irán a una
tierra perdida en la niebla en una época
anterior a Camelot. Sigan mis rimas y
podrán completar la misión.
—M.

Annie observó la concha.

—¿Dónde está la rima? —preguntó.

—Déjame ver —Cuando Jack volteó la concha encontró un poema:

"*Antes del anochecer, en este día de verano,*
una espada luminosa deberá estar en sus manos,
fuera de la oscuridad ha de hallar su camino
o el Rey de Camelot tendrá un negro destino.
En busca de la Espada de la Luz ustedes irán,
la ayuda del Caballero Acuático recibirán.
Por la cueva de la Reina Araña pasarán..."

—¿Reina araña? —interrumpió Annie. A lo único que le tenía miedo era a las arañas.

—No pienses en eso ahora —recomendó Jack—. A ver... ¿qué más dice aquí?

"*...por la cueva de la Reina Araña pasarán,*
y con una selkie, vestida de verde, nadarán.
En la ensenada de la Costa Tormentosa
deberán entrar,
bajo el manto del Fantasma Gris
se sumergirán".

Jack se detuvo.

—¿Fantasma Gris? —preguntó.

—No pienses en eso ahora —recomendó Annie—. Vamos, sigue leyendo.

"Respondan a la pregunta con amor,
no con temor.
Con la espada y una rima
el fin de la misión se aproxima".

Jack y Annie se quedaron en silencio.

—Tenemos que hacer todo antes del anochecer —dijo finalmente Jack.

—Sí —agregó Annie—, lo que me preocupa es la parte de la araña.

—Y a mí la parte del fantasma —comentó Jack.

—¡Pero si vamos a otra misión de Merlín, seguro que Teddy nos acompañará! Él podrá ayudarnos a pasar por las partes que nos dan miedo —dijo Annie.

—Correcto —dijo Jack. Oír el nombre del niño mago le dio coraje.

—Entonces… ¿Adelante? —preguntó Annie.

Adelante era la palabra favorita de Teddy.

—¡Adelante! —exclamó Jack, señalando las letras de la concha.

—¡Deseamos ir a los tiempos anteriores a Camelot!

El viento comenzó a soplar.

La casa del árbol empezó a girar.

Más y más fuerte cada vez.

Después, todo quedó en silencio.

Un silencio absoluto.

Mary Pope Osborne

Es autora de numerosas novelas, libros de cuentos ilustrados, historias en serie y libros de no ficción. Su colección más vendida, La casa del árbol, ha sido traducida a varios idiomas. Estas aventuras, muy recomendadas por padres, educadores y niños, permiten a los lectores más pequeños conocer culturas y distintos períodos de la historia y, también, el legado de los mitos anti-guos y los cuentos transmitidos a través de los años. Mary Pope Osborne y su esposo, el escritor Will Osborne, viven en el noroeste de Connecticut, con sus tres perros, Joey, Mr. Bezo y Little Bear.

Sal Murdocca es reconocido por su sorprendente trabajo en la colección La casa del árbol. Ha escrito e ilustrado más de doscientos libros para niños, entre ellos, *Dancing Granny*, de Elizabeth Winthrop, *Double Trouble in Walla Walla*, de Andrew Clements y *Big Numbers*, de Edward Packard. El señor Murdocca enseñó narrativa e ilustración en el Parsons School of Design, en Nueva York. Es el libretista de una ópera para niños y, recientemente, terminó su segundo cortometraje. Sal Murdocca es un ávido corredor, excursionista y ciclista. Ha recorrido Europa en bicicleta y ha expuesto pinturas de estos viajes en numerosas muestras unipersonales. Vive y trabaja con su esposa Nancy en New City, en Nueva York.

Annie y Jack reciben una invitación del mago
Merlín, para pasar la Navidad en el reino de
Camelot junto al rey Arturo y sus caballeros.

LA CASA DEL ÁRBOL #29
MISIÓN MERLÍN

Navidad en Camelot

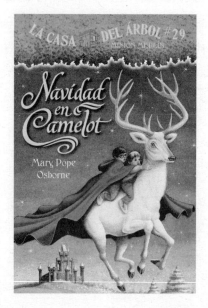

El mago Merlín ha perdido su espada y les pide
a Annie y a Jack que lo ayuden a rescatarla,
enfrentándose a arañas y serpientes gigantes.

LA CASA DEL ÁRBOL #31

MISIÓN MERLÍN

El verano de la
serpiente marina

Annie y Jack emprenden una nueva
aventura en tierras frías y misteriosas, donde
los espera el tenebroso Hechicero del Hielo
para pedirles algo imposible.

LA CASA DEL ÁRBOL #32
MISIÓN MERLÍN

El invierno del
Hechicero del Hielo